MW01178416

LOS FANTASMAS
ANDAN SUELTOS

DISNEY
COLECCIÓN MISTERIOS

LOS FANTASMAS
ANDAN SUELTOS

**Club de
Lectores
Disney**

ALTEA

Texto: Shaïne Cassim
Ilustraciones: Benoit Bayart
Color: Isabelle Rabarot
Color en portada: Massimiliano Monteduro

ISBN: 968-19-0425-7

Primera edición en México
Impreso en México
© D.R. De esta edición:
1998, Aguilar, Altea, Taurus, Alfaguara, S.A. de C.V.
Av. Universidad 767 Col Del Valle
México, 03100, D.F. Teléfono 688 89 66

Capítulo 1
SOLO CONTRA LOS "EXPEDIENTES SECRETOS"

Minnie, la fiel socia de Mickey, hizo "clic" con el ratón de la computadora. En el papel membretado de la *Agencia de Detectives* la máquina comenzó a imprimir el reporte del último caso resuelto.[1]

¡Listo! ¡Fin del misterio de las joyas robadas! ¿Maravilloso, no? –le preguntó a Mickey.

Mickey estaba asomado por la ventana. Parecía hipnotizado por lo que veía en la plaza. El gran reloj indicaba que faltaban cinco minutos para las siete. Poco a poco, la plaza iba quedando vacía. Todos se

---

[1] Ver *Casos en cascada*.

apresuraban a regresar a sus casas. Las siete en punto, y no había una sola persona en la plaza. Como todas las tardes en el instante fatídico.

–¡Mickey! ¡Te estoy hablando! –le dijo Minnie.

–¡Es que me molesta ver cómo todos salen corriendo, nada más para ver ese programa! –rezongó enojado.

–¡Ya va a empezar! –dijo Minnie, a la vez que apagaba la computadora y se dirigía a la habitación de al lado, donde se veía una televisión de pantalla gigante.

–¡Apresúrate! ¡Ya va a empezar "Expedientes secretos"!

–¡No tiene caso decir nada! –exclamó Mickey, harto–. ¡Todos se han vuelto locos con ese programa!

Mickey siguió a Minnie, arrastrando los pies. Se sentó en el sillón al lado de su socia. En la pantalla, un hombre desesperado corría por una carretera desierta. Un fantasma lo perseguía, montado en una máquina que volaba por los aires.

–¡Qué tontería! –dijo Mickey–. ¡Los fantasmas no necesitan vehículos para moverse! ¡No es lógico!

–Cállate, Mickey. Si hubieras visto el episodio de ayer, entenderías qué está pasando.

Minnie, pegada a la televisión, se mordía las uñas angustiada. Mickey suspiró. No tenía alternativa: ¡quedarse callado viendo la televisión, o salir a dar un paseo!

Decidido a pasar un rato tranquilo sin oír hablar de fantasmas, el detective se dirigió a casa de su amiga Clarabella. Cuando estaba a punto de tocar el timbre, escuchó la ya conocida música del programa.

–¡Qué barbaridad! ¿Habrá alguien en esta ciudad que no vea "Expedientes Secretos"? –se preguntó furioso Mickey.

Afuera, las calles estaban desiertas. Mickey se encontraba completamente solo.

–¡No soporto "Expedientes Secretos", odio "Expedientes Secretos", al diablo con "Expedientes Secretos"!

Mickey caminó con la vista en el suelo, por lo que no vio al individuo que acababa de doblar la esquina, corriendo a toda velocidad. Por un momento, Mickey pensó que se trataba del fantasma de "Expedientes Secretos" que se dirigía hacia él. Apenas tuvo tiempo de retroceder. De pronto, sintió un terrible dolor. El tipo le había dado un pisotón.

–¡Qué extraño! Yo conozco a ese tipo... ¡Claro! ¡Es Goofy!

Cojeando, Mickey fue tras él.

–¡Oye, Goofy! –le gritó.

En ese momento, un hombre se asomó por la ventana:

–¡Silencio! ¿Qué se cree? ¡No deja oír la televisión!

Por fin, Goofy se detuvo y se inclinó hacia adelante, tratando de recuperar el aliento. Mickey lo alcanzó.

–¿Qué te pasa? Si corres para ver "Expedientes Secretos", te diré que ya empezó. El fantasma está a punto de atrapar a...

Goofy, blanco como una sábana, no lo escuchaba, y miraba inquieto a su alrededor.

–¡Goofy! ¿Me oyes?

–¿No has notado nada sospechoso?

–Es una broma, ¿verdad? ¡Hasta los gatos están viendo la tele!

Finalmente, recuperado del pisotón, Mickey le propuso:

–Vamos a caminar un rato, ¿de acuerdo?

El detective sospechaba algo raro, pues

Goofy parecía realmente afectado. Se sobresaltaba con el menor ruido y estuvo siempre vigilando que no lo siguiera nadie.

–Algo grave está pasando –murmuraba Goofy, preocupado.

¡Eso indicaba un nuevo misterio que resolver! Encantado, Mickey lo escuchó con atención.

–¿Es un nuevo caso?

–¿Serás discreto?

–Te lo prometo.

–Bueno, pues hace un rato, estaba paseando tranquilamente en el jardín de la residencia del coronel Pachón. De repente, se oyó un ruido muy extraño. Creí que se trataba de un animal o un pájaro. Unos minutos más tarde, escuché rechinar una puerta, después un gemido muy raro y luego...

Mickey examinó atentamente a Goofy. ¡Seguramente su amigo bromeaba!

–Un momento, Goofy, no querrás decir que...

–¡Shhh! ¡No hables tan fuerte!

–¡Has visto demasiados programas de "Expedientes Secretos", amigo mío! ¿Qué? ¿Ahora crees en fantasmas? ¡Nunca había oído una tontería como ésta!

Goofy miró de reojo a Mickey:

–¡Es que vi algo!

–¡Bueno!, pues vamos allá juntos. Te aseguro que no habrá nada. ¡Estabas muy cansado, eso fue todo!

Capítulo 2
MICKEY SE ENCARGA
DEL ASUNTO

Una hermosa luna plateada iluminaba la imponente mansión del coronel Pachón. Mickey y Goofy esperaban silenciosamente en el jardín. Los árboles proyectaban sombras inquietantes y se oía el ulular de una lechuza. Un escalofrío recorrió la espalda del detective.

–¿Tienes frío... o miedo? –le preguntó Goofy.

Mickey se encogió de hombros. De pronto, percibieron un crujido apenas audible que venía desde de la espesura.

Goofy se aferró al brazo de Mickey.

–¿Oíste eso?

Entre los matorrales, Mickey distinguió una silueta fosforescente.

–¿Qué... qué es eso? –preguntó Goofy, nervioso.

–No sé. ¿No estaremos alucinando?

Goofy elevó los ojos al cielo:

–¡Eso es! ¡Y ésta es la segunda vez que alucino en un mismo día!

Mickey avanzó y, de inmediato, la silueta retrocedió y luego se desvaneció entre las sombras.

–Mejor vamos a... ¿Mickey?

Goofy miró en todas direcciones. ¡Su amigo había desaparecido!

Mickey había corrido a prevenir a la policía. Iba tan asustado, que entró directamente a la oficina.

–¿Qué pasa? –preguntó el sargento Mieditis sin perder la calma.

–¡La mansión Pachón! –exclamó Mickey.

Enseguida, los cabellos del hombre se erizaron. Sus dedos apretaron la pluma que traía.

–¡La ma... mansión del co... coronel

Pa... Pachón! ¡No... di... diga ton... tonterías, allí no... no pa... pasa nada!

–¡Acabo de ver algo! ¡Venga pronto!

–¿En la... la man... mansión? –tartamudeó el sargento–. ¡Cla... claro que no! Yo... yo fui ayer en la no... noche y...

–¡Muy cierto, jefe! ¡La prueba es que encontramos su gorra en el parque! ¡Seguro que salió corriendo tan rápido que por eso se le cayó! ¡Menos mal que tiene otra!

Mieditis y Mickey se volvieron hacia el policía que acababa de entrar y mostraba la gorra burlonamente.

–¡La descubrí hoy en la mañana!

Rojo como un tomate, el sargento se la arrancó de las manos y luego se puso a llenar con furia una pila de formularios.

–¡No quiero oír nada más acerca de esta historia! ¡Tengo mucho trabajo! –gritó, enojado.

–¡Ahora resulta que hasta la policía tiene miedo! –refunfuñó Mickey.

Después de una noche de insomnio, Mickey tomó una decisión. ¡Iba a aclarar el misterio, palabra de detective! Llamó a su socia, Minnie, así como a Donald y a Goofy, convencido de que no estaría de más tener a cuatro personas vigilando la mansión.

–Amigos, esto es muy grave. ¡Alguien trata de sembrar el pánico en la ciudad! ¡Tenemos que descubrirlo!

–¿Quieres decir, cazarlo? –exclamó Donald.

–¡Lo primero es descubrir qué hace aquí y cuáles son sus intenciones!

–¿Ah, sí? ¿Y cómo? –preguntó irónicamente Minnie–. ¿Lo vamos a atrapar con una red para cazar mariposas?

Un pesado silencio invadió la sala.

Donald se levantó y fue hacia la salida silbando disimuladamente.

–¡Donald! ¿A dónde vas?

–¡A la estación! Tengo que ir a recoger a mi tío...

–¡Te estás escapando!

–¿Yo? ¡Para nada! ¡Ya verás, voy a mandar a ese fantasma de regreso de donde vino! –exclamó manoteando.

–¿Y cómo sabes que se trata de un fantasma?

–¡Es que... el jardinero del coronel se lo dijo a mi vecino!

Minnie tomó su teléfono celular.

–¡Bravo! ¡Qué bonito hablan, pero lo que debemos hacer es elaborar un plan! ¡Voy a llamar al jefe Cejas para pedirle información!

Mientras Minnie marcaba, se oyó el

zumbido del fax y el membrete del jefe apareció en la hoja del mensaje.

–Espera Minnie, el jefe Cejas nos envió un mensaje.

–¿Lo puedes leer? –preguntó impaciente Goofy.

Queridos amigos, me voy al campo en viaje de descanso forzoso. Mi médico me obliga a hacerlo. Les pido que en mi ausencia se ocupen de un asunto tremendo. Parece que, según muchos testigos, uno o varios fantasmas rondan la mansión del coronel Pachón. No hagan escándalo sobre esto, la misión está clasificada como "Super Secreta". Temo que el sargento Mieditis, que debe reemplazarme, no esté a la altura de la situación, por lo que ustedes tienen plena libertad para actuar. ¡Confío en ustedes!

Saludos, Cejas.

Minnie se frotó las manos.

–¡Formidable! ¡Un nuevo desafío para la mejor agencia de detectives del país!

Estupefacto, Donald se secó la frente con un pañuelo.

–Voy a llamar al coronel Pachón para ponerlo al tanto –dijo Minnie, llena de energía–. Necesitamos que nos cuente lo que vio.

Mientras marcaba el número, la puerta se abrió violentamente. Un hombre vestido de etiqueta levantó su bastón ante la nariz de la detective, que lo miró sorprendida.

–¡Encárguense! ¡Me oyen, encárguense de esto!

Agotado, el coronel se dejó caer en un asiento con un gran suspiro.

–Ya no puedo más. Me han dicho que ustedes son la mejor agencia de detectives del país. Así que les suplico, ¡líbrenme de ellos!

–¿Ellos? ¿Puede decirnos algo más acerca de ellos? –le preguntó Minnie, ofreciéndole una taza de café.

–Una noche, mientras tomaba mi té de hierbas junto a la chimenea, una cosa se sentó frente a mí. ¡No es que me diera

miedo, ya he visto demasiadas cosas! Pero esa extraña presencia en el sillón del otro lado de la biblioteca...

–¿No le dijo nada? –preguntó Mickey, que tomaba notas en una diminuta computadora de bolsillo.

–Pues claro que yo no le pregunté nada, me sentía bastante incómodo. ¿Se imaginan si esa cosa me hubiera atacado? Pero lo peor es que regresó, y no estaba sola. ¡Todas las noches arman un escándalo terrible! No me dejan dormir.

–¿Desde hace cuánto sucede esto? –le preguntó Goofy.

El coronel Pachón rugió con su fuerte voz:

–¡Dos semanas! ¡Hay chillidos atroces! Y las carcajadas son tan siniestras que me quedo con los ojos abiertos hasta el amanecer. El coronel hizo una pausa y luego continuó con voz ahogada:

–¡Estoy solo con... esas cosas, recorriendo los pasillos de mi casa! Eso le pone los pelos de punta a cualquiera. ¡Estoy seguro de que esas criaturas no son fantasmas de la familia Pachón! ¡Qué escándalo! ¡Si la gente se entera de que bajo mi techo hay individuos misteriosos, será mi fin!

Capítulo 3
¡TODOS A LA MANSIÓN!

–¡Queridísimo Mickey, estoy desesperado! ¡Si los Pachón de Francia, Inglaterra, Estados Unidos y Sudamérica se enteraran de que mi mansión ha sido invadida, no podré asistir a la fiesta anual de la familia! ¡Y los periódicos! ¡Y las revistas! ¡Ay, Dios mío!

–¡Lo vamos a ayudar, coronel! –le promete Minnie.

–¡Queridísima Minnie! Encárguense de esto, por favor –suplicó el pobre hombre–. Ya hablé de esto con el jefe Cejas, y él está de acuerdo.

–Vamos a instalarnos en su mansión esta misma noche –le dijo Mickey.

Donald tragó saliva. Goofy salió corriendo:

–Voy a preparar el material.

Minnie le entregó una hoja.

–Ésta es la lista de herramientas. Necesitamos una grabadora, una lámpara de rayos infrarrojos, una minigrabadora, una lámpara de bolsillo, lupas, una computadora portátil, un fax y una conexión directa con la delegación de policía, por si hacen falta refuerzos.

–¡Y aspirinas, que no se les olviden las aspirinas! –agregó el coronel Pachón, tocándose la frente con las manos–. Las van a necesitar con todo este escándalo.

Ya estaba anocheciendo cuando una camioneta con el letrero de la "Agencia de detectives Mickey y Minnie" tomó el camino que conducía a la mansión. Mientras manejaba, Minnie iba dictando en la minigrabadora que sostenía Donald, quien iba sentado junto a ella.

–Ocho de la noche. Nos dirigimos a la

mansión. No hay ningún incidente que reportar.

En el asiento trasero, Mickey y Goofy revisaban si el sistema de comunicación por radio con el cuartel de policía funcionaba adecuadamente.

–¿No pudiste encontrar un aparato peor, Goofy?

–Lo siento. El otro se descompuso antes de salir.

–Espero que funcione. Vamos a probarlo. ¿Sargento Mieditis? ¡Aquí, Mickey! ¿Me escucha?

–Lo escucho, cambio –responde un hilo de voz que apenas se oye.

–Se muere de miedo –suspira Goofy.

–Ya llegamos a la mansión. Siga pendiente. Cambio y fuera.

Mickey señaló la oscura silueta de la casa, ante la cual se agitaba un farol.

–¡Ay! Un... un fantasma –balbuceó Donald, aterrorizado.

–¡Claro que no! Es el coronel, que viene a recibirnos –lo tranquilizó Minnie.

Los cuatro detectives se bajaron de la camioneta.

¡Queridísimo Mickey! –lo recibió el coronel, apretándole la mano con fuerza–. ¡Al fin alguien me va a sacar de este infierno!

La cena fue desastrosa. Donald se asustaba con el menor ruido.

El coronel Pachón puso su servilleta en la mesa con un gesto de molestia:

–Me retiro a mi habitación.

La agencia entera se instaló en la biblioteca. Eran las once de la noche. Mickey canturreaba, como si nada pasara. Goofy cabeceaba, hundido en un cómodo sillón, mientras que Donald se ponía un tercer suéter para protegerse del frío. Por su parte, Minnie examinaba minuciosamente cada rincón del cuarto.

–Es raro como uno se siente lleno de fuerza una vez que entra en acción.

–Habla por ti –se quejó Donald.

–¡Ya no puedo esperar más! –exclamó Minnie–. ¿Y si vamos a buscar esas apariciones?

–No tiene caso –gruñó Goofy–, ellos...

Y en ese preciso instante, todas las luces, la computadora y el fax se apagaron.

–¿Qué pasa? ¿Quién las apagó? ¿Minnie? ¿Goofy? ¿Donald? –dijo Mickey.

–¡Socorro! ¡Ayúdenme! –gritó Donald–. ¡Me asesinan!

–¡Ahí voy! –dijo Minnie.

La detective avanzó hacia donde creía que estaba Donald.

Entonces se oyó una carcajada que

congelaba la sangre, y una corriente de aire frío atravesó la habitación. Durante unos segundos, todo el mundo se quedó inmóvil.

Un resplandor iluminó la biblioteca... y de pronto apareció un fantasma blanco.

–¡No se muevan! ¡Me encantan los fantasmas! –dijo Minnie, y dirigió la luz de su linterna hacia la aparición.

Pero el fantasma se escabulló, para llegar cerca de la puerta. Sacó un sobre de entre la tela de las cortinas y se lo lanzó a Minnie antes de desaparecer.

Minnie leyó el mensaje en voz alta:

¡Si nos buscan, nos encontrarán! ¡Tomen sus herramientas y lárguense de aquí!

–¡No vamos a dejar que nos asusten! –explotó Mickey–. ¡Son ustedes los que se irán!

–¡Esto es una guerra! –gritó Goofy, furioso–. ¡Habíamos actuado pacíficamente, pero ahora sabemos a qué atenernos! Tendrán noticias nuestras.

Mickey se acercó a Minnie y le pidió su linterna.

–¿A dónde se fue? –preguntó.

–Aquí estoy –gimió una voz ahogada que salía de debajo de una alfombra.

Consternado, Mickey alzó los ojos al cielo.

–¡Tú no, Donald! ¡Busco al fantasma!

Capítulo 4
¡CON LAS MANOS VACÍAS!

–¿Qué haces allí? –le dijo Mickey levantando la alfombra.

–Yo... yo... ¡buscaba huellas! –explicó Donald.

–¡Qué gran idea! ¡Huellas de fantasmas! –se burló Minnie–. ¡Si encuentras alguna, seguro que te invitarán a la fiesta anual de los Pachón!

–¡De todos modos, el fantasma desapareció! –exclamó Mickey.

–Así pasa siempre –dijo una voz ronca.

Los cuatro detectives se asustaron. ¿Quién había hablado? No era la voz de Goofy, de Donald, ni mucho menos de Minnie.

–No se preocupen –dijo la voz–. La luz regresará enseguida...

–¿Quién anda allí? –preguntó Mickey, mientras que Donald se metía a toda prisa debajo de la alfombra.

En ese instante, la luz regresó a la biblioteca...

Minnie casi se moría del enojo:

–¡Dios mío!

Con una gran bata de dormir blanca y un gorro, el coronel Pachón estaba parado justo en el mismo lugar donde había aparecido el fantasma.

–¡Creía que dormía, Coronel!

–¿Cómo? ¿Ustedes pueden dormir con todo este alboroto?

–¡Coronel Pachón! –gruñó Mickey–. ¿Por qué no encendió las luces?

–Sí –dijo Minnie–. ¡Así habríamos podido capturar al fantasma!

El coronel Pachón sacudió la cabeza, lo que hizo que el pompón de su gorro de dormir diera vueltas como loco, y respondió con tono resignado:

–¡Queridísima Minnie, eso es imposible!

Sólo ellos pueden volver a encenderlas si las apagan... ¡Esas criaturas hacen su voluntad y nunca piden permiso! ¡Lo que hacen es abominable, una verdadera ofensa!

–¡Debió decirnos que estaba usted aquí desde mucho antes! –protestó Goofy.

–¡Lo que pasa es que la queridísima Minnie estaba hablando! ¡Y un caballero, sobre todo un Pachón, nunca interrumpe las palabras de una dama!

Ante los ojos estupefactos de los detectives, el viejo militar, apenado porque lo pusieron en evidencia, enderezó la cabeza y salió muy digno, sacando el pecho.

–¡Qué cliente! –gruñó Donald saliendo de debajo de la alfombra.

–Bueno. Trabajemos estratégicamente. Hay que registrar toda la mansión –decidió Mickey–. Vamos a repartirnos las tareas. ¿Qué propones, Donald?

–¡Yo me quedo aquí! Los asesinos siempre vuelven al lugar del crimen, así que ésa es la misión más peligrosa. ¡No, Minnie, no insistas, prefiero morir como héroe!

–Ahora sí estás exagerando, ¿no crees? –dijo Minnie–. Yo voy a revisar los pisos de arriba.

–Y yo, el comedor, la cocina y la bodega –agregó Goofy.

–A ti te tocan las paredes –le ordenó Minnie a Donald, que estaba a punto de desmayarse.

–¿Y eso, por qué?

–¡Caramba, qué detective! ¡Piensa un

poco, Donald! En las mansiones siempre hay pasadizos secretos.

Más muerto que vivo, Donald se puso a revisar las paredes de las diferentes habitaciones de la mansión.

–¡Lo único que tienes que hacer es golpear los muros! ¡El que suene hueco es el que buscamos! –le recomendó Minnie.

Mickey encendió la computadora. Buscó en el Internet el correo electrónico del sargento Mieditis y escribió rápidamente unas cuantas frases reportándose: *Vimos elementos sospechosos. Trabajamos sin descanso para aclarar el asunto.*

Alguien tocó a la puerta. Era Donald, que regresaba bastante contrariado y con mala cara.

–¿Qué pasó? –le preguntó Mickey.

–Pues todos los muros suenan igual.

Mickey salió, dando un portazo. Con las manos en la espalda, caminó por el pasillo. ¡Tenía que haber una solución!

–¿Goofy? ¿Qué hay de nuevo?

Por su aire desilusionado, Mickey comprendió que su amigo también había regresado con las manos vacías.

–No encontré ninguna señal, ni percibí la menor presencia de fantasmas detrás de las cortinas del comedor. No vi ni un sospechoso en sábana blanca flotando en la bodega. Debo admitir que las alacenas de la cocina están llenas de cosas deliciosas –agregó con la boca llena–, pero eso es todo lo que tengo que informar.

Sin mayor éxito en sus investigaciones, Minnie bajaba por la escalera de la mansión.

–Hay que organizarnos. Voy a escribirlo todo, para que podamos comprender mejor.

Se sentó en el primer escalón, sacó su computadora portátil y comenzó a escribir:

Hipótesis número 1: son verdaderos espectros, tal como el jardinero del coronel Pachón lo aseguró en su testimonio. Y en ese caso, no sé cómo podríamos

deshacernos de ellos. Hipótesis núme-
ro 2: son impostores. Preguntas: ¿Cómo
le hacen para disfrazarse y para desa-
parecer tan rápido? ¿Por qué se hacen
pasar por fantasmas? ¿Qué quieren, qué
buscan con eso?

–Ahora veamos cuáles son nuestras probabilidades de éxito –dijo Minnie, que estaba muy orgullosa de su computadora, que tenía un programa especialmente diseñado para sus investigaciones. Tecleó un botón y esperó impaciente el resultado.

La máquina ronroneó suavemente y luego apareció un texto en pantalla: *Caso difícil. Sus probabilidades de éxito son muy pocas: 4.5%. ¡Hagan trabajar sus cerebros!*

–¡Es más fácil en "Expedientes Secretos"! –suspiró Minnie, algo desilusionada, mientras apagaba la máquina.

Unos minutos después, alcanzaba a sus socios en la biblioteca. Los detectives tenían muy mala cara.

–¿Cómo vamos? –preguntó Mickey.

—Nada importante —contestó Donald.

—Nada por aquí —agregó Goofy, encogiendo los hombros.

—Nada de nada —completó Minnie con voz apagada—. Según la computadora, tenemos 4.5% de oportunidades de resolver el caso —agregó con gesto fatal.

—Yo se los dije, ¡atrapar fantasmas es una misión imposible! —dijo Donald, irónico, contento con la idea de abandonar el caso.

—Hay que volver al principio —concluyó Mickey.

Se instaló detrás del escritorio e intentó reanimar a su tropa:

—Hagamos un resumen. Primero: vimos un fantasma. Segundo: nos declaró la guerra y desapareció...

—Tercero: en su lugar encontramos ni más ni menos que al coronel Pachón —agregó Minnie, pensativa—. ¿No les parece muy extraño?

Capítulo 5
¡COMIENZA LA CACERÍA!

Mickey estaba solo en la biblioteca. Minnie, Donald y Goofy habían ido a descansar. Con la cabeza en las manos, seguía pensando en la frase de Minnie, que daba vueltas sin parar en su cerebro: "En su lugar encontramos ni más ni menos que al coronel Pachón. ¿No les parece muy extraño?"

¡No! ¡Imposible! El coronel Pachón no podía estar involucrado en el asunto. Minnie estaba equivocada. Donald no había descubierto ningún pasadizo secreto. ¿Sería posible que los fantasmas en verdad pudiesen atravesar las paredes?

De pronto, el detective se encontró a

oscuras, con el corazón saltándole del pecho. Una corriente de aire frío pasó por la habitación. Al sentir una presencia a sus espaldas, Mickey se dio la vuelta: ¡delante de él había un fantasma!

–¿Quién es usted?

–No tengo nombre.

La voz sonaba ronca y extraña, como si saliera de una grabación antigua.

–¿Por qué ataca al coronel Pachón? ¿Qué le ha hecho él?

No hubo ninguna respuesta. Sólo se oía la respiración entrecortada del espectro.

–¿Por qué se aparece aquí y no en otro lado?

La silueta blanca flotaba delante de Mickey. Por más que el detective abría los ojos, no alcanzaba a distinguir el rostro.

–¡Tenemos cuatrocientos años! ¡A nuestra edad, ya no estamos para recorrer castillos, como nuestros antepasados!

Mickey no pudo evitar un escalofrío. Recordaba las terribles historias de su infancia: las corrientes de aire helado, las cadenas que se arrastran, los roces, las cortinas que se movían extrañamente en un lúgubre castillo, cuando había luna llena.

–¡Con la edad ya no soportamos el frío! –continuó el fantasma con su voz artificial–. Por eso buscamos una casa cómoda. Esta mansión es muy acogedora. Ni demasiado grande, ni demasiado pequeña. Es ideal para retirarnos después de unas cuantas apariciones en la ciudad.

–¿Qué dice? ¡Quiere ir a la ciudad! ¡Va a espantar a la gente, va a sembrar el pánico!

–¿Y qué?

El fantasma flotó hacia el sillón y se sentó. El detective aprovechó para acercarse al escritorio y encender discretamente la grabadora. ¡Por suerte, habían traído baterías!

–¿Y piensan molestar al pobre coronel hasta el fin de sus días?

–¡Claro que no! ¡Sólo mientras dure nuestra muerte!

–Mis amigos y yo se los vamos a impedir.

–¡Nadie ha ganado nunca una apuesta tan ridícula! Si llevaras muerto unos cuantos años, entenderías mejor la situación. ¡Vagar por un castillo ya no es como antes! ¡Somos demasiados! No podemos estar cien en el mismo lugar. Es mejor quedarse aquí. ¡Los lugares como éste ya no abundan!

–¡Y ustedes lo van a abandonar!

–¿Te atreves a desafiarme en lugar de huir?

–¡Lo que pasa es que estoy seguro de que usted no es más que un ser humano!

El fantasma se rió con unas carcajadas que hicieron temblar a Mickey.

–¡Me gusta que seas valiente! Es cierto que cada vez es más difícil espantar a los jóvenes. ¡Antes, bastaba que dijéramos "¡Buu!", y la gente salía corriendo! Ahora nos miran con desprecio. ¡Dicen que somos hologramas, imágenes virtuales y no sé qué más tonterías modernas! ¡Ah! ¡La vida de fantasma ya no es la misma!

Cada vez más agitado, el fantasma hacía gestos y manoteaba. De repente estaba delante de Mickey, y en un momento, sin ningún aviso, aparecía detrás de él. "¿Qué hacer?" se preguntaba el detective, desesperado.

–¡Pero hay personas que todavía les tienen miedo! ¡Es peligroso! –razonó Mickey.

–¿Y tú crees que la vida de un fantasma es muy cómoda? ¡Es el infierno! ¡Hay días en que lamento estar muerto! ¡Si tuvieras un poco de compasión, dejarías de perseguirnos!

Mickey sacudió la cabeza:

—Lo siento, pero el trabajo es el trabajo. El coronel Pachón me contrató para liberar su mansión de los fantasmas, y eso haré.

—¡En verdad los seres humanos no tienen corazón!

La atmósfera se hacía pesada.

—Ahora escúcheme, señor detective: me eligieron como portavoz del grupo para tratar de encontrar una solución amigable. Pero veo que es imposible. ¡Éste es mi último recurso para convencerlo!

De pronto se encendió la lámpara y Mickey saltó hacia atrás.

¡Cómo no lo comprendió antes! El visitante tenía en la mano una pistola que apuntaba directamente a su cabeza.

—¿Me va a matar?

—No. ¡Tú eres el que va a dispararme! —le aclaró, poniéndole el arma en la mano.

Mickey se quedó paralizado, sin aliento. ¿Qué hacer? ¿Qué sucedería si el fantasma

no era más que un humano? ¡Estaría cometiendo un crimen! Mickey dudaba. En eso, Goofy abrió bruscamente la puerta.

Sorprendido, Mickey retrocedió y tropezó con la chimenea. La estatua que estaba encima se tambaleó por el choque y le cayó en el brazo. ¡Bang! El disparo había salido sin que Mickey tuviera tiempo de reaccionar.

¡Horror! ¡El siniestro espanto seguía flotando delante de él, muy contento por su broma de mal gusto!

–¡Hasta luego! ¡Nos veremos otro día! –exclamó el fantasma, despidiéndose de Mickey. Luego le hizo una señal a Goofy, que trató de hacerse lo más pequeño posible, y desapareció con un crujido de tela.

Humillado y furioso porque el espectro se había burlado de él, Mickey no dejaba de murmurar:

–¡Muy bien! ¡Esta vez, la cacería es en serio!

Capítulo 6
MINNIE TIENE
UNA GRAN IDEA

Al oír el disparo, Minnie salió corriendo de su habitación y bajó las escaleras de cuatro en cuatro escalones. Entró como un torbellino y se topó con Goofy, que le preguntaba a Mickey con voz temblorosa:

–¿Estás herido?

–¡No! Sólo vi un fantasma. Nada grave –dijo Mickey, fanfarroneando–. ¡Ya me estoy acostumbrando! Me sacaste de un apuro cuando abriste la puerta, Goofy.

Y contó su terrible aventura a los dos amigos.

–¡Vaya! Y yo que solamente quería beber un vaso de agua –exclamó Goofy–.

Entré porque oí un ruido en la biblioteca.

En ese momento, Minnie se dio cuenta de que la grabadora estaba encendida:

–¿Grabaste la conversación?

Mickey regresó la cinta y la reprodujo. Su voz llenó la habitación:

¿Y piensan molestar al pobre coronel hasta el fin de sus días?

Con su pijama desordenada y cara de espanto, Donald apareció en el marco de la puerta.

–¿Qué pasó?

¡Claro que no! ¡Sólo mientras dure nuestra muerte!, se oyó la siniestra voz.

Pálido como una sábana, Donald gritó y se desmayó.

Preocupada, Minnie se arrodilló y le dio unas cuantas bofetadas.

–¡Es la grabadora de Mickey! ¡Despierta!

Recuperando el conocimiento, Donald se acurrucó en una esquina, temblando y entrechocando los dientes.

–¡Tengo frío! ¡Tengo mucho frío!

Era evidente que no soportaba la at-

mósfera de la mansión. Deseosa de enterarse de todo, Minnie sacó tres lupas de una maletita, le entregó una a Goofy y, otra a Mickey, y se puso a examinar con toda atención las paredes.

–No hay ningún rastro de la bala, ningún impacto. ¿Ustedes ven alguno?

–Nada –dijo Mickey.

–¡Qué raro! ¿Y si fuera una pistola con balas de salva? –sugirió Minnie.

Mickey se abalanzó sobre el arma:

–¡Seguramente tienes razón! ¡Cómo no se me ocurrió antes!

Vació el cargador y se dejó caer en un sillón, sacudiendo la cabeza.

–Son balas de verdad.

–Nos vamos a quedar aquí toda la noche, y... –decidió Minnie.

–¡Pero vamos a estar muy cansados mañana! –protestó Donald.

–Entre los cuatro podemos atrapar por lo menos a uno –continuó Minnie–. Goofy, tú vas a estar junto a la puerta; Mickey, tú del otro lado, y tú, Donald...

–Yo voy a estar debajo del escritorio –la interrumpió Donald–. ¡Nunca se sabe de dónde puedan venir!

Minnie se mordió los labios para no reír. Donald nunca había sido valiente, pero en este caso estaba rompiendo el récord de cobardía.

–Está bien. Yo me quedo aquí frente a la puerta y cuando entre, nos lanzamos encima de él.

–Vamos a utilizar esta lámpara de rayos infrarrojos. Está cargada y la batería durará por lo menos ocho horas. Eso nos permitirá ver perfectamente en la oscuridad –declaró Mickey– y así no tendrá escapatoria. ¿Donald?

Donald tenía la boca demasiado reseca para responder. Mickey aprovechó para ponerle la lámpara en la mano.

–Tú la diriges hacia la puerta, ¿entendiste?

–¡Ah! –dijo Minnie–. Esta vez, seguro que atrapamos alguno.

–¡Donald! ¿Qué esperas? –murmuró Mickey–. ¡Enciende esa lámpara!

Muerto de miedo, Donald a duras penas alcanzó a apretar el botón. Paralizado por el miedo, no se atrevió a moverse ni un centímetro.

Sólo el tic-tac del gran reloj interrumpía el silencio. Mickey estaba nervioso. Los minutos pasaban y ninguna aparición se mostraba a la luz de la lámpara infrarroja.

–¡Ya llegarán! ¡No les queda más que volvernos a desafiar! –decía Goofy para animarse, apretando los puños.

De pronto, el viento se volvió un queji-
do y comenzó a azotar las ventanas. Los
cuatro amigos se esforzaron por mantener
la calma, conteniendo la respiración. La
puerta se entreabrió y se oyó un roce.

Los rayos de la lámpara que Donald
sostenía temblorosamente iluminaban
por momentos una silueta pálida.

–¡Ahora! –ordenó Mickey.

En ese momento, en el cuarto se
desató una confusión. Todo el mundo gri-
taba al mismo tiempo.

–¡Vamos! –gritó Donald.

–¡Lo tengo! –exclamó Goofy.

–¡Yo lo ilumino! –dijo emocionada
Minnie.

–¡Me ahogo! –protestó una voz– ¡Suél-
tenme!

Minnie encendió la luz.

–¡Exijo que me suelten de inmediato!
¡Esto es una ofensa!

El individuo a quien Goofy y Mickey
tenían atrapado en el piso era ni más ni
menos que el coronel Pachón. El anciano
estaba furioso.

–¡Qué barbaridad! –gritó–. ¡Un Pachón salvajemente atacado en su propia casa!

Mickey recuperó la compostura.

–Pero, ¿qué está haciendo aquí, Coronel?

–¿Qué, no puedo pasearme libremente bajo mi propio techo?

Minnie intentó calmar el enojo de su anfitrión.

–Pensamos que usted era un fantasma.

–Queridísima Minnie –le dijo con rabia el coronel–, no los contraté para que me cayeran encima y me derribaran, sino para que me protegieran.

–Discúlpenos, por favor –dijo Goofy, avergonzado.

–Ya veré mañana si los perdono o los despido por falta de profesionalismo –dijo el coronel con tono seco–. ¡Buenas noches!

Y salió, con aire más digno que nunca.

Los cuatro amigos, completamente desolados, no se atrevían ni siquiera a mirarse o pronunciar una palabra. Si el jefe Cejas se enteraba de lo que había pasado, la Agencia de Detectives Mickey y Minnie estaría desempleada para siempre.

Capítulo 7
¡ENGAÑADOS!

Al día siguiente, durante la comida, el coronel Pachón les comunicó su decisión:

–Vamos a olvidar lo que sucedió anoche, ¡pero les doy cuarenta y ocho horas para resolver esto! ¡Ni un minuto más! Después...

El coronel había dejado su frase en suspenso, pues se daba cuenta de la amenaza que insinuaba con ella. Se puso a hacer bolitas de pan, con aire de violencia contenida.

–Pues bien, dicho esto, tienen que evitar entrar al desván para sus investigaciones, porque allí están los retratos de mis antepasados y es preferible dejarlos en paz. ¡Lo que está sucediendo aquí es prueba de que no hay que despertar a los espíritus de los muertos!

Al atardecer, los cuatro amigos volvieron a reunirse para elaborar un plan más efectivo. Mickey le había dado vueltas y más vueltas al problema. Esa prohibición de entrar al desván lo inquietaba.

–Es mejor darse por vencidos –declaró Donald, en voz baja.

Ya se imaginaba en su cama acolchonada. ¡Nada de corrientes de aire helado! ¡Adiós a los interminables pasillos que había que atravesar de noche! ¡Basta de fantasmas!

Minnie se levantó de un salto.

–¡Ni pensarlo!

–¡Renunciar, jamás! –la apoyó Goofy.

–¿Entonces nos quedamos? –preguntó Donald, molesto.

–Claro que sí –dijo Mickey–. La actitud del coronel Pachón es extraña. Quiero aclarar esta situación. ¡Además, tengo la firme intención de meter la nariz en ese desván!

Minnie encendió su computadora y se volvió hacia los demás:

–Yo también pienso que nuestro cliente tiene una actitud muy rara. ¡Dos veces seguidas, cuando creímos atrapar a un fantasma, a quien nos encontramos fue a él!

Mickey asintió con la cabeza:

–Estoy de acuerdo. ¿Puedes repetir las pistas que tenemos, Minnie?

–Primero: cada vez que un fantasma aparece, sopla una corriente de aire helado.

–¡Vamos a llegar muy lejos con eso! –dijo Donald, desesperado.

–¡Un buen detective no desecha ninguna pista! –le recordó Mickey.

–Segundo: la luz se apaga y el fantasma aparece, iluminado por un resplandor –continuó Minnie–. Y siempre sucede en el transcurso de la noche.

–¡Sí, ya nos hemos dado cuenta! –exclamó Donald.

–Tercero: las balas de una pistola no le hacen daño.

Después de haber alimentado a la máquina con todos esos datos, Minnie interrogó al programa sobre sus oportunidades de éxito. Y la máquina indicó en pantalla:

Probabilidad de éxito: 12%. Han progresado, pero deben encontrar un medio para comprobar que realmente se trata de fantasmas.

–Qué amable, pero, ¿cómo hacemos? –dijo Minnie, pensativa, después de leerle el texto a sus compañeros.

–Vamos a resumir –dijo Mickey–. Si son

fantasmas, no caminan: flotan y atraviesan las paredes.

–Basta con esparcir harina en el suelo –gritó Minnie, emocionada–. Así sabremos si dejan huellas.

–¡Excelente idea! –aprobó Mickey–. Lo haremos esta noche. En cuanto a la corriente de aire helado, tendremos que acercarnos para saber de dónde viene y qué la provoca. Mientras, podemos descansar. ¡Parece que la noche va a ser muy movida otra vez!

Hacia las diez de la noche, se reunieron de nuevo en la biblioteca. Pasaron dos horas interminables. ¡No sucedía nada! De repente se oyó un estornudo que rompió el silencio.

–¡Achú! –se oyó a Goofy–. Creo que estoy resfriado.

Al decir esas palabras, un soplo helado corrió por la habitación, que enseguida se quedó a oscuras. ¡Otra vez sin luz! Mickey se levantó silenciosamente y caminó hacia la forma blanca que se movía delante de él. La corriente se hacía más fuerte a medida que se acercaba a la silueta. El detective estaba tan cerca que podía sentir el aliento del fantasma en el rostro. Avanzó un poco más y...

–¡Caramba! –gritó Mickey, que se había tropezado.

¡Cuando se encendió la luz, el fantasma había desaparecido!

Mickey se levantó, algo adolorido.

–¡Ah!, me tropecé con esto –dijo examinando un ventilador que estaba tirado en el suelo.

–¿De dónde salió? ¡No estaba antes de que la luz se apagara! –exclamó Goofy–. ¿Qué significará esto?

–Que algo en esta mansión produce una corriente de aire frío. Los espantos quisieron borrar las pistas con este ventilador. Y si pudieron traerlo sin abrir la puerta, es porque en la casa hay pasadizos secretos, ¡pues que yo sepa, todavía no hay ventiladores fantasmas!

–¡Y la corriente de aire debe salir de los pasadizos secretos! –continuó Minnie–. ¡Cada vez que un fantasma nos visita, toma

el pasadizo secreto, y al abrirlo deja pasar una corriente de aire frío!

–¡Exactamente! –siguió Mickey–. Eso me hace pensar que no son de verdad esos fantasmas.

–Yo siempre lo supe –declaró Donald–. ¡Miren!

Muy orgulloso, les mostraba... huellas en el piso.

–¡Tuve la buena idea de llenar el suelo de harina! Bueno, la idea fue de Minnie, ¡pero yo lo hice!

Goofy lo felicitó calurosamente:

–¡Magnífico! Al menos, ahora tenemos la prueba de que son de carne y hueso.

–¡Amigos, hemos dado un paso gigantesco en esta investigación! –declaró Mickey–. Ahora, nuestro único objetivo es atrapar a esos malhechores.

Sentada en el sillón, Minnie había sacado su computadora y tecleaba a toda velocidad:

Hipótesis verificada: un grupo organizado siembra el desorden en la residencia. Pregunta: ¿con qué objetivo? Otra pre-

gunta: ¿si no son espectros, por qué los vemos en la oscuridad?

Después de proporcionarle los datos, esperó a que la máquina diera su respuesta:

Sus oportunidades de éxito han aumentado a 55%. Van por buen camino.

Ofendido, Donald hacía berrinche en un rincón. ¿Cómo era posible que no lo levantaran en hombros? De nada le servía a la agencia tener fax y computadoras, la única prueba verdadera la habían obtenido gracias a él... y un poco gracias a Minnie también.

¡Pero había sido él quien se había atrevido a tirar la harina en el suelo, arriesgando su vida! ¡Lo malo era que si los fantasmas se enteraban, tal vez intentaran vengarse, secuestrándolo!

Aterrado por esa probabilidad, Donald se puso a temblar como una hoja cuando de nuevo la biblioteca quedó a oscuras. Se acurrucó un poco más, con los ojos casi cerrados, esperando que un fantasma llegara delante de él, amenazante. Como quería comprobar si el enemigo estaba cerca, lanzó una mirada furtiva a su alrededor y vio un fantasma que, furioso, le decía a Mickey:

–¡Les advertí que se fueran! ¡Se están buscando problemas!

Donald dejó escapar un suspiro de alivio. ¡Estaba equivocado, los fantasmas no tenían nada contra él! Y lo más extraordinario de todo era que Mickey parecía estar aterrado.

–¡Disculpe se... señor! –decía con una vocecita tímida–. No nos haga daño, se lo ruego. No queríamos hacerlos enojar. ¡Dígale a sus amigos que les pedimos perdón!

El gran detective tenía miedo y todo su cuerpo temblaba.

Donald no entendía nada, estaba muy extrañado. ¿Qué estaba pasando? Nunca había visto a Mickey en ese estado.

–¡Concédame el perdón! –dijo Mickey, arrodillándose.

–Voy a buscar a los demás –dijo el fantasma, ya más tranquilo– y ustedes mismos les pedirán disculpas. Pero cuidado, nada de trampas, si no...

–Sí, sí –asintió Mickey, bajando la cabeza.

Cuando el fantasma desapareció, Mickey corrió adonde Minnie y Goofy:

–Entreténganlos aquí el mayor tiempo posible. ¡Pase lo que pase, no los dejen salir del cuarto! ¿Entendido?

–Pero, pero... –comenzó a decir Goofy.

–Después les explico –dijo Mickey, impaciente–. ¡Ustedes impidan que salgan y, sobre todo, no se preocupen por mí!

Entonces aparecieron siete fantasmas, alineados junto a la pared.

–¡Buenas tardes, señores! –saludó amablemente Minnie, como si recibiera a viejos conocidos–. Pónganse cómodos, así podremos conversar mejor.

–Claro –agregó Goofy–, más vale sentarse tranquilamente y hablar.

–Ustedes no son tan malos, después de todo –dijo a su vez Donald, con un gran esfuerzo de valentía.

–¡Les habíamos aconsejado que nos dejaran en paz! –dijo uno de los espíritus–. Pero ustedes son muy tercos.

–Sí –continuó uno de sus compañeros–. ¡Nosotros queríamos la paz! ¡Quedarnos aquí, y de vez en cuando bajar a la ciudad!

–¡A la ciudad! ¡Eso es imposible! –replicó Minnie.

La discusión se hacía más fuerte. Mickey retrocedió y se deslizó hasta la ventana. Nadie se daba cuenta. Era ahora o nunca. El detective tomó aire profundamente. Veloz y silencioso, saltó hacia el balcón.

Capítulo 8
¡LUZ VERDE, AMIGO!

A toda prisa, Mickey dio la vuelta a la residencia y entró en la cocina.

En sus idas y venidas por la mansión había notado que una escalera llevaba directamente al desván, y estaba seguro de que allí se encontraba la clave para resolver el misterio.

Subió los escalones que crujían bajo sus pasos. ¿Qué encontraría allá arriba? Abrió la puerta y entró en el desván. Los cuadros de los antepasados del coronel Pachón se amontonaban, cubiertos de telarañas. Luego, a Mickey le llamó la atención una especie de telescopio cerca de la ventana.

Lo examinó con cuidado: era un reflector de luz intensa, de los que se usan en los aeropuertos para guiar a los aviones. ¿Por qué estaría orientado hacia el mar, si el aeropuerto más cercano estaba a kilómetros de distancia? Miró el horizonte y descubrió un punto luminoso que parpadeaba.

–¡Hasta este momento, veía fantasmas por todos lados, y ahora son barcos! –rezongó.

Lanzó maquinalmente una última mirada hacia la ventana. ¡Vaya! ¡No eran telarañas en sus ojos! ¡No era una alucinación, sino un auténtico barco! Y emitía señales en dirección a la residencia. Tomó el reflector y respondió al mensaje luminoso.

–¡Luz verde, amigo! ¡Quienquiera que seas, ven a meterte en la boca del lobo! ¡Quiero conocer el meollo de este asunto!

Algo grave se tramaba; los fantasmas debían haber chantajeado al pobre coronel.

Frente a él, el barco se acercaba lentamente. Mickey tenía que salir de ahí. Se

asomó y vio el tubo del desagüe. ¡Sería más rápido salir por la vía aérea, y así no se arriesgaba a tener ningún encuentro indeseable!... Se dejó caer a lo largo del techo y luego se agarró al desagüe. ¡Desastre total! El frágil tubo cedió y el detective cayó al vacío. Lo más importante era no gritar. Apretó los dientes, pues si alguien lo oía, estaban perdidos. Cuando tocó tierra, creyó que había llegado su fin. Se quedó quieto unos momentos.

Con suavidad, movió las piernas y los brazos. ¡Uf, no se había roto ni un hueso! ¡Achú! Mickey sonrió. Era un verdadero milagro: había caído sobre un montón de paja.

En ese momento advirtió una ventana polvosa al nivel del suelo. Probablemente daba a la bodega. Después de asegurarse de que nadie rondaba por los alrededores, se levantó sin hacer ruido y se acercó. Lo que vio lo dejó sin aliento.

—¡Increíble! ¡Tengo que ver esto de cerca!

El detective rompió el vidrio y se deslizó al interior. La humedad y el frío le penetraron hasta los huesos. ¡Había una gran cantidad de fusiles, pistolas y barriles de pólvora! Al final de la fila de carabinas, había una puertecita cerrada con un candado. Lo abrió con su ganzúa de bolsillo y cayó por un túnel. Con una linterna que encontró, el detective avanzó por un corredor helado, cavado burdamente. ¿A dónde conducía? Aún había palas y picos tirados en el suelo. ¿Por qué habría allí un escondite de armas? ¿Lo sabría el coronel? ¿Para quién o para qué se habría construido todo eso?

Las preguntas se acumulaban en la mente de Mickey.

Repentinamente, sintió un aire frío en la cara. ¡No quedaban más que unos cuantos metros! ¡Caramba! ¡Estaba en plena playa! A lo lejos estaba anclado el barco al que había mandado señales desde el desván. Luego vio una barquita que avanzaba hacia la orilla. ¡Tenía que escapar aprisa! Eso comprobaba que el reflector servía precisamente para dar luz verde a los desembarques.

–Queda una pregunta importantísima –pensaba Mickey, regresando por donde había llegado–. ¿Qué tiene que ver todo esto con los fantasmas?

En un cruce, Mickey encontró otra puerta igual a la de la bodega. ¿Qué escondería?

–¡Adelante! –dijo el detective, abriéndola.

¡Toneladas de harina, de azúcar, de

aceite, de arroz! ¡Provisiones para resistir por lo menos durante un mes!

Sentado sobre un costal de papas, Mickey reflexionaba velozmente.

–Primero, como diría Minnie, el sótano del desván es un escondite que sirve para el tráfico de armamento. Segundo, alguien maneja el reflector desde el desván. ¡Probablemente, los supuestos fantasmas! Tercero... ¡Hey! ¿Qué hace ese pedazo de tela blanca atorado en una grieta de la pared?

Mickey se acercó y tanteó el muro, que sonó hueco. ¡Era una pared falsa! La iluminó con su linterna. ¡Hurra! Al abrirla, vio una escalera que conducía directamente al interior de la mansión.

–¡Es el pasadizo secreto! –exclamó Mickey–. Lo sabía. Y el pedazo de tela blanca seguramente es parte del disfraz de uno de los fantasmas, que se rompió al pasar por aquí.

Justo al lado, descubrió una caja metálica azul con una manija.

–Es el interruptor de electricidad ge-

neral de la mansión. ¡No es nada sobrenatural que se vaya la luz!

En eso, escuchó voces. ¡Tenía que evitar encontrarse frente a frente con esos impostores! El encuentro podía ser peligroso para él.

Mickey avanzó por el pasadizo secreto. Ahora estaba en un angosto pasillo. ¡De nuevo escuchó voces que hablaban! ¡Parecía que Minnie estaba muy cerca! ¡Era como si estuviera en la biblioteca con ella! Las falsas paredes del pasillo tenían escritas con tiza unas iniciales.

–¡Ya entendí! ¡La *B* es de biblioteca, la *C* es de cocina y la *S* de sala!

¿Qué hacer? Si se iba por un lado, se toparía con los fantasmas. Si se iba por el otro, ¡se toparía con los ocupantes del barco! Mickey se llevó las manos a la cabeza. De repente, el detective tuvo una estupenda idea. Era peligrosa, pero no tenía otra alternativa.

Capítulo 9
¡FANTASMAS DESATADOS!

Mickey atravesó por la pared falsa de la cocina y, con mil precauciones, levantó el auricular del teléfono. Por suerte, el aparato sí funcionaba. Marcó un número normal, y luego las teclas de asterisco y el signo de número. Era una línea especial que sólo él y el comisario conocían. Se imaginó la cara que pondría el sargento Mieditis cuando le informara. ¡Se iba a sorprender! Por fin, se oyó que alguien contestaba el teléfono. Por temor a que lo oyeran si hablaba, Mickey comenzó a golpear con su pluma sobre el aparato, para mandar un mensaje en clave Morse:

".– –... – ... –.. ..–. .....".

Y después de dejar pasar unos segundos, colgó. ¡Sólo le quedaba esperar que el sargento pudiera descifrar la clave! Luego volvió al pasadizo secreto. En la biblioteca, se oía cómo el tono de la discusión se hacía más fuerte entre los detectives y los supuestos fantasmas.

–¿Dónde está Mickey? ¡Contesten!

–¿Cómo? ¡Me amenazan! ¡A mí, un Pachón! –protestó el coronel.

"Ya se dieron cuenta de que desaparecí. ¡Seguramente el pobre coronel bajó a ver qué pasaba y también lo atraparon!", pensó Mickey.

–¡Elija sus padrinos! ¡Vamos a batirnos! –decía el coronel, frenético.

–¿En duelo? ¿Con usted? ¡Amigo mío, está usted completamente loco! –le respondió el fantasma.

–¡Cálmense! –intervino Minnie.

Un terrible escalofrío invadió a Mickey de pies a cabeza. Alguien tenía un arma apuntándole en la espalda.

–¡Dése vuelta lentamente! ¡Sin movimientos brrruscos!

Mickey obedeció. Frente a él se hallaba un hombre inmenso, y sus ojos azul metálico y su sonrisa cruel asustaron a Mickey más que la pistola. Llevaba una chamarra de marinero.

¡Era uno de los contrabandistas!

Mickey fue caminando delante del hombre hasta llegar a la bodega. Allí, el tipo se sentó sobre un barril y le señaló un costal:

–Esperrremos a los demás.

–¿Y luego? –preguntó Mickey.

–Luego vamos a hacerrr un viajecito... ¡porrr alta marrr! ¡Tan simple como eso!

Mickey deslizó discretamente su mano por el costal donde estaba sentado. Tomó de ahí un puñado de pimienta molida y la arrojó al rostro del marinero.

–¡Achú! ¡Achú!

Estornudando y tosiendo, el tipo soltó la pistola. Mickey se abalanzó sobre él y lo puso pecho a tierra. ¡Qué suerte! ¡Podía haber caído sobre un costal de maíz! Mickey amarró a su contrincante, que echaba espuma de rabia por la boca. ¡Eso probaba que más valía ser pequeño y listo que ser grande y estar armado! El detective volvió corriendo al pasadizo secreto. Se oían terribles carcajadas que venían de la biblioteca.

–¡Pues no hay caso! –se dijo Mickey–. Iré yo solo.

Deslizó la falsa pared y entró a gatas. Los fantasmas estaban tan agitados que nadie, excepto Minnie, se dio cuenta de su llegada.

–¿Fantasmas, ustedes? ¡Sí, cómo no!

¡Ustedes son traficantes! –dijo Mickey sin más ni más.

Sorprendidos, los supuestos espectros se quedaron paralizados.

–¡El truco de los pasadizos secretos! ¡El túnel! ¡El reflector! ¡El barco y los contrabandistas! ¡Lo sé todo! –gritó Mickey, para tratar de ganar tiempo.

–¡Qué bien, señorrr sabelotodo! ¡Lo que no sabe es que estamos detrás de usted! –dijo una voz.

Mickey sintió que el sudor le corría por la frente. ¡Esta vez morirían! Debió escuchar a su maestro de la escuela y no volverse detective. "¡Tarde o temprano, te van a agujerear el pellejo!", le repetía a cada rato.

–¡Era demasiado bueno para ser cierto! –murmuró Goofy.

–¿Con quién tengo el gusto de hablar? –preguntó el coronel Pachón.

Inmediatamente, una bala le pasó rozando la oreja. El hombre cayó al suelo.

–¡Qué deshonra! ¡Un Pachón muerde el polvo!

–¡Buenas noches señores, señorita! Me presento: soy el capitán Coral, trrraficante y lobo de marrr.

–¡Bien hecho, Capitán! –lo felicitó uno de los fantasmas.

–¡El que no cuida sus espaldas no es tan listo como presume! –se burló un marinero.

–¿A quién le dices eso? –preguntó de pronto una voz ronca.

–¡Sargento Mieditis! –exclamó Minnie.

En unos segundos, la policía había rodeado a los contrabandistas y a los falsos fantasmas.

–Tu mensaje cifrado era muy claro, Mickey: "No son fantasmas. Pasadizo secreto desde la playa hasta la biblioteca. Todo listo para arrestar peligrosos criminales. Ascenso a inspector en jefe asegurado" –recitó el sargento frotándose las manos de gusto.

–¡Sabía que este maldito detective iba a jugarrrnos una mala pasada! –gruñó el capitán Coral entre dientes.

–¿Podría alguien explicarme qué sucede en mi casa? ¿Por qué no me dicen nada? –se quejó el coronel Pachón.

–¡Disculpe, pero es usted quien nos oculta cosas! –respondió Minnie.

–¡Ellos me amenazaron! –explicó el coronel, con tono huraño.

–Pero, ¿cómo?

–¡Me dijeron que si no los ayudaba, al morir no alcanzaría más que una tumba de rango inferior al que me corresponde como coronel! También me hicieron creer que mis antepasados renegarían de mí para siempre si alguien entraba en el desván. ¡Hasta el día en que ya no pude más y decidí decir la verdad, por eso los llamé a la agencia!

Donald iba de un bandido a otro para asegurarse de que estaban bien amarrados.

–¡Fuera de aquí! ¡Van directo a la cárcel! –dijo satisfecho–. De todas maneras, yo realmente nunca tuve miedo...

–¡A usted yo lo conozco! –rugió el coronel Pachón, señalando al sargento Mieditis–. ¡Usted es el policía que huyó la primera noche!

–¡Ejem! Yo... este... –balbuceó el sargento, retrocediendo.

–¡Un jefe de policía que sale corriendo! ¡Qué vergüenza! ¡No sé de dónde salió usted, pero seguro que usted no es un Pachón! –dijo el coronel enérgicamente.

Capítulo 10
UN DESENLACE MUY CEJAS

–¡Un momento! –exclamó Minnie–. Todavía no se lleven al jefe de los bandidos. ¡Tengo que hacerle unas preguntas!

El temible hombre le tendió las manos al policía, que lo liberó de las esposas. Sus dientes negros salieron a relucir en la espantosa sonrisa que le dirigió a Minnie.

–¡Caramba! ¿Cuántas caries tiene usted? –le preguntó Donald, sorprendido.

–¡Trrreinta y dos! –contestó muy orgulloso.

Minnie se sentó al lado del hombre en el sillón:

–¿Por qué usaron esos disfraces y espantaron al coronel?

–¡La mansión era ideal para almace-narrr la mercancía! ¡Y el viejo se negaba a irrrse de su casita!

–¿El qué? –dijo el dueño de la mansión.

–¡Sí, mi amigo! ¡Si la hubieras vendido, no te habrrrías llevado esos sustos!

–¿Cuáles sustos? –dijo el anciano coronel, frunciendo el ceño.

–¿Cómo es que la bala que te disparé no te hirió? –interrumpió Mickey.

Con gesto malvado, el exfantasma contestó:

–La primera bala era de salva.

Donald carraspeó y dijo:

–¡Mickey, tú lo sabes! ¡La primera regla de un detective es nunca confiar en las apariencias! Ése fue tu error. Si por mí hubiera sido, jamás habríamos tomado en serio a esos fantasmas.

–¡Qué descarado! –exclamó Minnie.

–¡Bueno, bueno! –dijo impaciente Mieditis–. Yo también tengo una pregunta: ¿cómo hacen para aparecer y desaparecer cuando les da la gana?

–Apaguen las luces, les voy a mostrarrr.

El sargento obedeció.

–Nuestros disfraces estaban cubierrrtos de pintura fosforescente... Por eso brillaban en la oscuridad. ¡Quito la sábana, y fum!...

–¡Enciendan la luz! ¡Rápido! –gritó Minnie–. ¡Se va a escapar!

–¡Y desaparezco! –completó el fantasma.

Minnie empujó el sillón y corrió a la puerta.

¡Demasiado tarde! Había desaparecido.

–¡Nos dejamos engañar como novatos! –dijo Mickey, enojado.

–¡No! ¡Nos equivocamos! ¡Es un auténtico fantasma! –murmuró Donald, petrificado.

–¡Claro que no! ¡Ese hombre es tan fantasma como tú o como yo! –dijo Mickey, que salió a toda velocidad.

Dio la vuelta a la mansión velozmente y entró por la ventanita que lo había llevado a los pasadizos subterráneos. Corrió hasta la bodega de armas. Allí, una silueta estaba inclinada sobre un montón de ri-

fles. Mickey se acercó silenciosamente y
saltó sobre el hombre para inmovilizarlo.

–¡No me atraparás! –gritó el tipo.

En eso, unas antorchas iluminaron la
bodega. Cegado, el bandido dejó de lu-
char. Mickey se volvió hacia la luz.
Estaban rodeados por una docena de
policías.

–¡Ríndanse! ¡Están perdidos! –ordenó
una voz grave, que Mickey conocía muy
bien.

—¡Jefe Cejas! —exclamó el detective—. ¡Qué gusto me da verlo!

Unos minutos más tarde, Mickey y el jefe Cejas conducían al prisionero. El pobre sargento Mieditis daba grandes pasos sudando la gota gorda.

—¡Encierren a este tipo! —gritó al ver que el bandido regresaba. —¡Quítenlo de mi vista!

—¡Mieditis! ¡Qué lenguaje es ése! —le dijo el jefe Cejas.

El sargento, con los ojos como platos, salió huyendo.

—¡Socorro! ¡Un fantasma! —gritó.

—¡Sargento, hágame el favor de comportarse! Soy Cejas de carne y hueso. ¡Acabo de regresar! No me gusta descansar. Me sentía tan mal que el médico me aconsejó volver al trabajo. Hace unos momentos llamé a la jefatura de policía. Me dijeron que habían tomado por asalto la residencia, así que vine como refuerzo.

Humillado, el sargento tomó su gorra y se fue sin decir ni pío.

Mickey, Minnie, Goofy y el coronel lloraban de risa. ¡Era claro que Mieditis no cambiaría: era el mismo miedoso de siempre!

–¡Buu! ¡Buu! –se oyó en ese momento.

El rostro del coronel Pachón empalideció.

Donald, cubierto con una sábana fosforescente, corría por el pasillo aullando como un condenado.

–¡Basta ya! –exclamó el coronel–. ¡Dios mío, cuando pienso en lo que tiene que soportar un Pachón en estos días!

Un ronroneo continuo se escuchó desde el escritorio.

–¿Y ahora? ¿Qué es eso? –dijo enloquecido el viejo coronel.

–No se preocupe, es sólo un fax que alguien está enviando –le dijo Minnie.

–Seguramente los van a contratar para un nuevo caso... –dijo el jefe Cejas.

Unos días después, el equipo se reunía en la agencia. Minnie entregó una copia del reporte al jefe Cejas y otra al

coronel Pachón, a quien había invitado.

–¡Bravo por ustedes! ¡Qué bueno que lo lograron! Hay que festejar. ¡Los invito a cenar! –propuso el comisario.

–¡Me parece perfecto, me muero de hambre! –dijo Minnie.

Mickey le hizo un guiño a Goofy:

–¡Qué lástima! ¡Tú no puedes venir con nosotros!

Minnie preguntó inocentemente:

–¿Por qué?

–¡Pues es que no te puedes perder otro episodio de los "Expedientes Secretos"! ¡Ya va a empezar el programa!

Confusa, Minnie se puso roja como un tomate:

–¡Ejem! ¡Creo que, después de todo, ya vi suficientes fantasmas! ¡Prefiero comer un rico platillo! ¡Lástima por los "Expedientes Secretos"!

Índice

1. Solo contra los "Expedientes Secretos"   5

2. Mickey se encarga del asunto   13

3. ¡Todos a la mansión!   23

4. ¡Con las manos vacías!   31

5. ¡Comienza la cacería!   41

6. Minnie tiene una gran idea   49

7. ¡Engañados!   57

8. ¡Luz verde, amigo!   69

9. ¡Fantasmas desatados!   77

10. Un desenlace muy Cejas   87

Los fantasmas andan sueltos terminó de imprimir-
se en marzo de 1998 en Editora e Impresora Apolo
S.A. de C.V. Centeno 150, Col.Granjas Esmeralda,
09810, México, D.F.